U0131048

王百谷美學

王 淮◎著

目錄

審美心之建立

美學問題之新處理

壹、前論

孟子曰：「人之所以異於禽獸者幾希。」①這一點「幾希」之微，便是人禽之辨的關鍵，同時亦正是「人性」之大本與夫「人道」之根基。然則這一點「幾希」究竟是什麼呢？孟子本人以爲是吾人心中先天而內在所固有的「仁義禮智」——四端之心②。這「仁義禮智」四端之心在孟子不過是舉心德而約言之，其實吾人心中富有之盛德豈只萬端？而「仁義禮智」四端又不過只發明了一個「道德心」。蓋吾人之心靈本是「純一不二」而「於穆不已」的。言其「純一不二」者，所以明其「昭靈不昧」而「精純不雜」也；言其「於穆不已」者，所以明其「至健不息」而「動用無窮」也。然而現在吾人謂孟子舉「仁義禮智」四端不過只發明了一個「道德心」。此言似乎意謂著吾人之心靈不只一個。在這裡好像呈現了矛盾，至少出了問題。誠然，吾人之心靈只有一個，不能有二。唯吾人所謂心靈只有一個，此是從「究竟」方面說，亦是從「心體」方面說的。蓋心體究竟只有一個，唯心體雖究竟只有一個，但正因心體之昭靈不昧與至健不息，所以它作用無窮。而即此心體之作用無窮，遂分別呈現心體之多面性。所以雖心「體」本「一」，而即「用」成「多」。這種心體之多面性，在吾人心靈之活動上表現出來是非常眞切而分明的。

吾人之心靈活動，一方面表現出吾人心靈之多面性，一方面亦同時表現出人性中之諸基本價値欲求。人性中之基本價値欲求雖復衆多，但約而言之，則亦不外有三：

一曰智→眞。

---

① 見《孟子・離婁篇》下。

② 《孟子・公孫丑》上曰：「無惻隱之心非人也。無羞惡之心非人也。無辭讓之心非人也。無是非之心非人也。惻隱之心仁之端也。羞惡之心義之端也。辭讓之心禮之端也。是非之心智之端也。」又〈告子〉上曰：「仁義禮智非由外鑠我也，我固有之也。」

二曰意→善。

三曰情→美。

由吾人主觀（心靈）方面「智、意、情」之活動，自然而必然地要把握客觀（自然與人生）方面之「眞、善、美」此三者同爲人性中之基本價值欲求，而由人性中對於基本價值「眞」的欲求，吾人遂產生科學的認知活動；由人性中對於基本價值「善」的欲求，吾人遂產生道德的實踐活動；而由人性中對於基本價值「美」的欲求，吾人遂產生審美的直覺活動。此三者是人性中之基本價值欲求，由此人性中之三種基本價值欲求所產生之心靈活動，遂開闢吾人之心靈世界，而於是乎使渾沌的心靈轉成自覺的心靈，原始心靈的荒蕪與貧乏，也因而呈現出無比的充實與豐富。

審美的活動既是人性中之基本價值欲求，而爲心靈世界之主要內容，則吾人不妨在人類的歷史文化中作一番省察，看看吾人關於審美活動的知識究竟已有幾多的了解？然而不幸得很，我們關於這一方面所成就的知識還很貧乏，也很迷惘。這可能是因爲在人類的文化與社會中「美醜」的問題遠不比「善惡」與「眞假」的問題來得更現實而切要。所以在人類五千年的歷史文化記錄中，充滿了實用的科學知識與誨世的道德教訓。但是有關審美的知識，則是寥如晨星，稀如牛山之木③。

誠然，中國人實具有高度而豐富的審美意識，並創造了精湛卓絕的藝術。然而中國人始終沒有建立系統的美學確是一客觀的事實。雖周秦時禮記與荀子皆有樂論之作，而歷代學者亦不乏論詩論文以及論畫之著述。且國人之善於清談生活、品題人物與夫觀照人生、遊戲人間之智慧，類皆表現一種高度而豐富的審美意識與活動。然而這一切只是些斷簡殘篇，或吉光片羽，偶見之一些靈感話頭。再不便只是一些有關藝文技巧與作法，要皆不足以稱爲「美學」。此中原因唯在於中國人之心靈活動與思維方式不長於概

③ 此就嚴格的知識knowledge一詞之意義言：即凡形成上無嚴密之組織系統或內容貧乏之經驗常識皆非「知識」也。

念的分析與推理，而長於直覺的靈感與領悟。所以不能夠曲達義理而組織有嚴格意義的知識。此即是中國人所以未能產生系統的知識之學，同時亦正是中國數千年所以無系統的美學之原因所在。

在西方情形正相反，希臘時亞里斯多德首先建立邏輯學。從事於概念的分析與推理，此是西方人之心靈活動與思維之方式。而亞氏之詩學亦即是西方第一部討論「藝術」與「美」的美學論著。但是希臘以後，羅馬人的興趣在法律與政治。中世紀一千年西方人的興趣在上帝與宗教。文藝復興以後，雖然恢復了充沛的藝術創造的精神與生命，然而理論的建設工作仍付闕如。近代以還，西方人的興趣在哲學與科學。美學最初只是寄生於哲學之中孕育滋長，其後由哲學中分支脫離，而在哲學與科學的夾縫中掙扎發展，終於完全依附於科學，而形成西方近代所謂的「實驗美學」。

西方的美學發展到近代的實驗美學，可以說是走到了窮途末路。雖然實驗美學是近代最時髦的，但是最時髦的未必便是最合理的。而他們用「實驗」與「統計」的方法來研究「美」，其所能獲得的結論也是難以想像的。何則，蓋「美」原並不是一種物理現象或心理現象，可以任由我們拿來當作一種「材料」處理。所以他們費了九牛二虎之力，實驗統計的結果所能提供的不過只是一些毫無意義的「報告」與「數字」。而他們卻沾沾自喜，以爲美的問題已經被他們弄清楚了。實則大謬不然。莊子曾經有一個諷刺寓言：

南海之帝爲儵，北海之帝爲忽，中央之帝爲渾沌。儵與忽時相遇於渾沌之地，渾沌待之甚善。儵與忽謀報渾沌之德，曰：「人皆有七竅以視聽食息，此獨無有，嘗試鑿之。」日鑿一竅，七日而渾沌死。④

④見《莊子・應帝王》。郭象注：「爲者敗之。」成玄英疏曰：「儵忽之人，由懷偏滯，去能和會，尙起學心。妄嫌渾沌之無心，而謂穿鑿之有益也。」

這個寓言啓示吾人：眞實的生命本是充實而圓滿，活潑而自然的。一旦穿鑿支離，便即壽終正寢。

近代實驗美學之弊，正爲其穿鑿支離⑤。並且其日鑿一竅，每況愈下的發展趨勢，使「美」的生命已毫無生氣，而美學也奄奄一息，眼看便要衰亡了。

如上所述，美學在中國是向來無系統的著作，而在西方雖遠在兩千多年以前亞里斯多德即有詩學之專著，但是其眞正發展的歷史不過是近代短短的兩百多年。吾人如檢查其內容，發覺其雖曾創立很多學說，而其實仍屬貧乏。且近代實驗美學之興趣，已暗示吾人美學之生命已隨哲學之生命正日趨於衰亡。在這種道衰文弊的時代，正是吾人從事多方面學術思想振衰起弊的時機。所謂振衰起弊的意思即是創造維新，也就是在根本上從事於一種返「本」復「始」的努力與建設。

因此創造思維亦不同於標新立異。前者的精神是正面的、積極的，而在效果上是要求有所樹立的；後者的精神是負面的、消極的，而在效果上其不足以成大觀必矣。然則吾人所從事的「返本復始」與「創造維新」的努力究竟是如何的一種工作呢？這個問題的答案便是有關吾人美學之「方法」與「本質」的說明。

西人治學貴乎講求方法，以成就系統的知識，而建立學統。所謂方法者，其道本多途，但西方人正統的治學方法，則不外邏輯的「演繹」與經驗的「歸納」。前者爲理性主義所使用，後者爲經驗主義所使用。西方人數千年的歷史文化其所使用而賴以成就其學術思想者，類皆不出此二種思想方法。及康德哲學出，獨標其「批判的」思想方法，以成其三大批判哲學之偉著，而所謂「批判的」方法乃始爲世人所識。然而康德哲學之方法究竟是如何的一種方法呢？從「形式」上看：所謂批判的方法，即是一種雙照「邏

⑤ 凡穿鑿在技術上皆是拙劣的，在效果上則皆是可笑的。《孟子・離婁》下有謂：「所惡於智者爲其鑿也。如智者若禹之行水也，則無惡矣。禹之行水也，行其所無事也。如智者亦行其所無事，則智亦大矣。」

輯」與「經驗」，而雙遮「獨斷」與「懷疑」的方法；從「內容」上看：則所謂批判的方法即是一種反省並解答問題之如何可能的方法。

理性主義之發展從亞里斯多德到笛卡爾、萊布尼茲、斯賓諾莎，一往是邏輯推論的獨斷態度，而經驗主義的發展從培根、洛克、巴克萊，到休謨一往是感官經驗的分析歸納，終至於懷疑。康德哲學之出現即代表一種由「理性的獨斷」與「經驗的懷疑」中驚醒而振作的創發精神。雖然，邏輯講「必然」之理，經驗講「實然」之理。二者何可輕棄？特邏輯而至於「獨斷」，經驗而至於「懷疑」，則爲魔道歧途，而學統於焉弊矣。是以康德所反省者邏輯之獨斷，非「邏輯」也；經驗之懷疑，非「經驗」也。

吾人試觀其自名其哲學爲「先驗邏輯」，便可明瞭。何則，蓋康德所以自覺的區別其「先驗邏輯」與亞氏「形式邏輯」之不同，其意即在：「形式邏輯」是靜態的、獨斷的、架空的，無關經驗的；而「先驗邏輯」則非靜態的、非獨斷的、非架空的，有關經驗的。亦即「形式邏輯」所講求的只是推理本身之一致性與無矛盾性之必然眞理（知識），而「先驗邏輯」所講求的則不單是眞理的先天必然性，而且要講求知識之客觀眞實性。這種圓成「理、事」、「形式」與「內容」並重的思想，便是所謂雙照「邏輯」與「經驗」的批判哲學⑥。而此亦便是康德哲學之所以不同凡響。抑且唯其能如此獨闢蹊徑，所以能別開生面，而承先啓後作爲近代西方哲學之重鎭也。

康德哲學之「方法」與「本質」既明，則吾人美學之「方法」與「本質」亦明。在《純粹理性批判》一書中，我們可以很明確的看出康德認識論之主要工作即在建立範疇論，以解答知識之如何可能。而所謂「範疇」即是決定知識之「形式條件」，也就是決定知識之「先天原則」。這種純悟性概念之「範疇」，由於「同一個功能」（理性），

⑥ 鄭昕在其所著《康德學述》（商務印書館三十五年出版）(二)《康德論知識》上篇〈總問及時空〉之〈緒論〉中有謂：「形式邏輯裡諸規律雖是思維之必要條件究竟於知識不是創造的，它們像培根挖苦神學的話是不能生育的尼姑，康德所提出的先驗邏輯主要的意思是要將邏輯用到對象，用到經驗，用到自然界，使邏輯有內容。」

它先天而必然的能夠涉及「對象」，並決定「經驗」，以形成「知識」⑦。

所以說「可能經驗的條件同時即可能經驗的對象的條件」，而「思想律同時即自然律」⑧。因爲一切經驗皆必歸總於範疇之下，純悟性範疇所加予經驗的決定，是一種邏輯的構造手續，而於是乎「經驗」遂被作成「知識」，認識的活動也一併完成。這種以「範疇」說明「知識」的認識論，既不偏於邏輯，亦不偏於經驗，而只是一種持平落實的理論，所以也自是一種最妥善而的當的理論。吾人現在對美學問題之新處理，即是採取康德哲學之路數，以批判的精神從事美學的討論。主要的工作唯在解答「美」與「審美」之如何可能。而其著手處則是首先建立「實體」——「審美心」之概念，從而把握「美」與「審美」之諸「先天原則」（範疇），並運用這些審美的「先天原則」以總納審美的「經驗內容」，吾人便能夠說明一切屬於「美」的活動與知識，而開闢全幅美的世界。

⑦鄭著《康德學述》㈡《康德論知識》中篇〈範疇論〉一、〈範疇之改造〉有謂：「此『同一個功能』普遍的說叫做純悟性的概念（範疇）。同一個悟性經過同樣的作爲，它借重分析的統一，在概念裡使一個判斷的邏輯形式成立，它也在一般的直觀裡借重雜多的綜合的統一，在它的現象裡使一個先驗的內容成立（故此類觀念叫做純悟性概念，能先天的涉及對象——這不是形式邏輯所能辦到的。）」又曰：「同一個悟性既立範疇，又能運用所立之範疇，都是爲著一個目的：說明存在的是邏輯的。」

⑧鄭著《康德學述》㈡《康德論知識》上篇〈總問題及時空〉之〈緒論〉有謂：「理不外心，心外無理，所謂處物之理即吾心之所賦予者。康德在〈範疇〉之〈先驗演繹篇〉便是要證明這樁大道理——思想上哥白尼式的革命。其結論是『可能經驗的條件，同時是可能經驗的對象條件』。可能經驗的對象即指自然，其條件即指普遍的自然律。可能經驗的條件，即指吾心所運用的範疇，即是思想律。悟性先天的認識普遍的自然律，唯如此我們始能認識自然，始能有自然的規律。故曰：思想律同時是普遍的自然律。除開思想律不能說自然律，除開吾心之理不能言外物之理，康德之名言曰：『悟性不從自然中求它先天的規律，而在自然前頒布它的先天的規律』，惟如此我們才能明瞭自然——雖然不能說創造自然——明瞭這個用數學及幾何圖形所做成的自然（伽里略），及明瞭科學書裡所印的經驗（柯亨），科學書中所言之理，即吾心之理之一大例證。科學所言之理，苟非具先天性（即普遍有效性與必然性），則只有一時一地一人之科學，而無共同之科學，此一大例證是求知的人必不可忽略的」。

貳、本論

「美」是吾心的「良知」，而「審美」是吾心「良能」⑨。由吾心中這種良知與良能的作用（這種作用內在於吾心的先天綜合作用），遂產生美與審美之活動。同時，因爲美是吾心的良知，審美是吾心之良能。所以在「原則」上是美的活動必然合法可能，而在「先天」上美的活動必然貫徹實現。吾此心中美的「良知」與「良能」，即是一切美的活動的「大本」所在；亦是一切美的活動的「達道」所行⑩。於此大本所在，吾人「建立」並「保證」一切美的活動，於此達道所行，吾人「範圍」並「成就」一切美的活動。如此，一切美的活動一方即必不「外」此心，一方亦必不「離」此心。這個對一切屬於「美」的活動必然而絕對有其效準的心靈，吾人名之曰：「審美心」。

審美心作爲一絕對的實體之概念是爲吾人美學中之最基本的前題與肯定。由此前題與肯定吾人將發明一切屬於「美」的甚深智慧，並推演出全部美學系統的判斷與知識。將審美心作爲一絕對的實體之概念，這似乎是未能免俗，而頗陷溺於傳統理性派哲學的窠臼（傳統理性派哲學皆是首先建立某種實體的概念，以從事推論一切的知識與判斷），故必不免空洞唯心之失。

爲此吾人願首先聲明：吾人的美學雖然在本質上確乎不是感覺的經驗論，但亦必不是主觀的唯心論。蔽於感覺則亂而無統，蔽於唯心則空而無當。兩者各成一偏之見，皆

⑨「良知」與「良能」語出《孟子・盡心上》：「人之所不學而能者，其良能也，所不慮而知者，其良知也；孩提之童無不知愛其親者，及其長也，無不知敬其兄也。親親仁也，敬長義也。無他，達之天下也。」朱註引程子曰：「良知良能皆無所由。及出於天，不係於人。」案：所謂「達之天下」者，言人同此心，心同此理，凡天下人莫不皆然也，吾人審美心之「良知」與「良能」亦復如是。

⑩「大本」與「達道」語出《中庸》首章：「喜怒哀樂之未發謂之中，發而皆中節謂之和，中也者天下之大本也，和也者天下之達道也。致中和，天地位焉，萬物育焉」。此處借用之，以明吾心審美心之全體大用。

是所謂：「曲學」。吾人現今斷然建立審美心作爲一絕對實體的概念，但必不因此即稍存輕忽經驗，抹煞現象之意⑪。相反的審美心唯藉感官所與的貢獻以成就其充實，並實現其自己；而感官所與亦唯藉審美心之貫注以成就其存在，並重造其自己⑫。這種本末一貫，心物合一，理事無礙，虛實相涵的如實究竟，便是吾人美學的特質，亦爲吾人美學所欲從事的「返本復始」與「創造維新」的一種新的努力與試探。

發自於審美心的實體之概念，吾人將廣開三面義理的途徑。此所謂三面義理的途徑：

其一爲美的本體論。

其二爲美的鑑賞論。

其三爲美的實踐論。

審美心體本是「不可思議」的⑬，強爲之容，則「不有不無」，「亦虛亦實」庶幾近似。而執實言之，則不外「知」「能」兩種屬性。美之本體論即欲窮盡吾人審美心中良知之天理，以見得此心之條理分明，絲毫不爽，其變化流行，於穆不已。美之鑑賞論即欲窮究吾人審美心中良能的作用，以發明此心之直觀覺照，剎那生成，而鑑物有信，其情甚眞。美之實踐論在義理上吾人不欲由審美心中直接推論，而唯藉審美心中良知之天理與良能之作用以分析出之。亦即是由美之本體與美之鑑賞以分析出美之實踐，這種十分含蓄而不縱論美之實踐之態度，其目的一方面（積極的）在求保守並護持美的實踐的正確意義，一方面（消極的）則是爲了要防止並限制美的實踐意義的泛濫與墮落。以下吾人便擬分別將這「美的本體」、「美的鑑賞」與「美的實踐」三方面的義理作一概括的敘述，以說明吾人所處理的美學問題之內容與性質：

⑪ 案：此正吾人所取於康德批判哲學之方法與先驗邏輯之精神。

⑫ 審美心如無感官所與則無所用其觀照，感官所與如無審美心之觀照，則無意義可言。

⑬ 「不可思議」爲佛經術語，謂既不可思亦不可議。即非思想言論之所及也。

一、關於美的本體問題之處理

美的本體是從來沒有人討論過的問題，也幾乎是從來沒有人想過的問題，這個事實正表示美的本體是甚深究極的問題。它一方面隱藏在一切「美相」的背後，一方面亦埋藏在吾人心思之深處。它雖然似乎是潛存在那裡，卻無時不在發生其作用。然而美的本體既是很難討論的問題，也是必須討論的問題，何以言之：

㈠討論美的本體之所以困難，是因爲它前無所承，旁無所假，正如一片洪荒不毛之地，千秋萬古，長夜不明。然而這畢竟是一片蘊藏無窮豐富資源的土地。它雖然一無所有，但是它能生長萬物，而成就一切的有。而且正因爲它是這樣一片原始的天地，曾無人跡，所以尤其需要吾人首先毅然發起墾荒，在天蒼地茫之間，獨自從「無」中創造「一切」，這是何等不平凡的工作。

㈡討論美的本體之所以必須，是因爲一切美的活動在原則上皆爲美的本體所成就。

所以從合法的立場，吾人唯有建立並發明美的本體才能保證一切美的活動的合法性與可能性。否則，一切美的活動都將是不合法的與不可能的⑭。雖然，不曾發明美的本體，吾人亦既有一切「美」與「審美」活動的存在事實，然而這卻是無法說明的事實，無法說明的事實，即是不可理解的事實。無法說明與不可理解之事，不可以入於學問之域，因爲吾人一切的學問唯在說明事物之可理解性，而美學的責任端在說明一切的「美」與「審美」活動之可理解性。要想說明一切「美」與「審美」活動的可理解性，則首先必須發明美的本體。

然則什麼是美的本體呢？在眞正答覆這個問題以前，我們不妨先將回答這個問題所可能採取的態度加以省察。無疑的當我們接觸這個問題時有兩種可能的態度：其一是認爲美的本體是神祕的、虛妄的、不可思議的；其二是認爲美的本體是絕對的、眞實的、

⑭ 理論上「本質先於存在」蓋必先有此此「理」，而後可有此「事」（物）。

必然可能的。前者的態度是消極的、否定的；後者的態度是積極的、肯定的。凡是消極的懷疑態度只能消極的刺激問題，而不能夠積極的解決問題。爲是吾人的態度唯是接受消極的懷疑問題的刺激，而尋求積極的解決問題的途徑。什麼是美的本體？要答覆這個問題確不是一件容易的事，而必須從根本上窮源竟委，解而答之。首先吾人認爲美的本體絕不是神祕的、虛妄的；而是眞實的、可能的。它所以不是神祕的虛妄的，正因爲它是眞實的可能的；而它所以是眞實的可能的，則因爲它先天的內在於吾之審美心中，而爲吾審美心中所固有的「良知」之「天理」。吾此「審美心」中所固有的「良知」之「天理」，即是「美」的「本體」⑮。美的本體既然只是指謂吾審美心中良知之天理，所以它必非神祕虛妄與不可思議（「理」正表示一種可思議性）。且吾此審美心中良知之天理既是非由外鑠，而爲吾審美心所先天固有，所以它必然是絕對眞實而可能的⑯。然則，作爲美的「本體」的這個審美心中之「良知」之「天理」，究竟又是一些什麼東西呢？要回答這個問題，需要吾人對審美心體做更深一層的探索與分析：

吾人所謂審美心體，這其實是一種方便的說法。而究竟上講：「心」本無「體」。

心之爲體，唯是以此心中良知之「天理」爲「體」。外此心良知之天理而言心體，必無心體可得⑰。**此**「心」中「良知之天理」分別言之：可有多種（討論「善」的問題時有道德心中之良知之天理；討論「知識」時有認識心中之良知之天理；討論「美」時則有審美心中之良知之天理）；**散而言之：則無窮無量**（孟子舉「仁、義、禮、智」四端以見道德心中良知之天理，其實何止萬端；康德列十二「範疇」以明認識心中良知之天理，其實豈必十二範疇；今吾人行將標六目爲審美心中良知之天理，而其實亦豈必定於六目）。**審美心中良知之天理雖然亦是無窮無量的，唯約而賅之，可得六目。即：**

---

⑮ 王陽明《傳習錄・中・答顧東橋書》：「吾心之良知即所謂天理也。致吾心之良知於事事物物，則事事物物皆得其理矣。致吾心之良知者，致知也。事事物物之皆得其理者，格物也。是合心於理而爲一者也。」良知是所以成就事物之本體，審美心中良知之天理則是成就一切屬於美的事物之本體。

⑯ 其證同於孟子之論性善。詳參《孟子・公孫丑》上篇。

⑰ 王陽明《傳習錄・中・答顧東橋書》：「夫物理不外吾心，外吾心而求物理，無物理矣，遺物理而求吾心，吾心又爲何物邪。心之體性也，性即理也。」

一、圓滿
二、殘缺
三、對稱
四、合諧
五、秩序
六、純粹

以上所標之六目，即是吾人審美心中先天而內在所固有的良知之天理，亦即是所謂：美的本體。吾人以此美的本體作為一切的「美」的形式條件⑱。一切的「美」，消極地說：必皆無所逃於此形式條件之下；而積極地說：必皆在此形式條件之下才能被決定並成就為「美」。因為邏輯上，吾人必先有此形式條件，然後一切的美方為可能的。而由一切「美」的存在事實，吾人亦必然的可以發現此等「形式條件」而無疑。

美的本體就其為吾審美心中良知之天理而言，它是先天的、內在的；就其美的形式條件言，它是先驗的、超越的；就其對一切的「美」必然有其效準言（一切的「美」必被其決定並成就），則它是普遍的、客觀的。吾人對於美的本體苟能有此三點認識，則庶幾對於審美心體之全「體」大「用」亦無不明矣。

美的本體既能被吾人說明。即它是吾人審美心中良知之天理，並爲一切「美」的形式條件。則吾人或將追問是否確有此所謂「美的本體」？亦即在吾人之審美心中是否眞實的固有此等美的「良知之天理」。關於這個問題似乎將逼迫吾人具備適當的論證以證明之。然而，事實上吾人將永不採取任何論證的方式以證明美的本體。因爲動輒以提出論證爲能事，此實西洋哲學家之習性，而其實昧於至理。殊不知宇宙事物之理有只可「證實」者，有只可「證明」者，有只可「證悟」者，而未可一概「證明」也。或曰：「然則美的本體如何」？曰：「美的本體但可證悟，未可證明。」且因爲它是可證悟

⑱ 參看註⑭。此所謂形式條件，即相當於柏拉圖之理型Idea與亞里斯多德之形式Form。

的，所以它必同時亦是可證實的。因爲證實是證悟的基礎，凡非證實的證悟必是空的幻的不確實的。孟子由一件可以普遍證實的事例——見孺子將入於井，而證悟出「人皆有惻隱之心」的「仁」[19]。這種即心見性，由道德的實踐中證悟出道德的本體（道德心中良知之天理），原則極簡單明白，直截了當，而又極眞實確定的。不需要吾人汲汲於建立論證，從事證明。康德在其批判哲學中也已經很謹愼的告訴吾人：凡是「本體」都是不可以證明的。因爲一切的本體都是證明的對象，而一切從事於證明本體的學問都是強「不知」以爲「知」的假玄學[20]。

美的本體既然不是能夠被吾人證明的（只能證悟），則將何以知道它是必然眞實的存在？要答覆這個問題可以分兩方面來講：

㈠消極地講：美的本體雖然不是吾人的「理智」所能證明的，但卻爲吾人的「理性」所必然要求。理性爲了要成就一切「美」的可理解性，必然要求美的「本體」（審美心中良知之天理），因爲有了美的本體，然後一切的美方才是合法的與可理解的。而由吾人的理性必然要求此美的本體，故美的本體即便獲得了它的「邏輯的必然性」。

㈡積極地講：美的本體（審美心中良知之天理）是必然實現的，亦即在吾人審美心中每一個發用流行，動而接物的當下，它是必然實現的[21]。並且，美的本體在吾人審美心作用之當下，只是由吾人之一念直覺，即能發現並肯定其存在。而由這種直覺的發現，故美的本體亦即獲得了它的「直覺的確定性」。

美的本體既同時具備了「邏輯的必然性」與「直覺的確定性」，則吾人由其「邏輯

⑲見《孟子・公孫丑・上》。

⑳詳見《康德學述》㈠康德對玄學之批評。

㉑由於審美心中「良能」之作用，必然要實現審美心中「良知」之天理，《大學》所謂：「如惡惡臭，如好好惡」，王陽明據之以論證「知行合一」（詳《傳習錄・上・答徐愛問》）義與此同。

的必然性」可以推出其「理想的眞實性」㉒；由其「直覺的確定性」可以推出其「客觀的妥當性」㉓。然則美的本體（吾人審美心中良知之天理）乃誠然不虛，定然不易，確然其不可疑。故吾人能肯定它是必然眞實的存在。

美的本體既然是眞實的，則其所具備的「意義」與「作用」如何？便是吾人必須解釋的問題。首先，因爲美的本體既必然是眞實的，所以它必然具有其意義與作用。所謂它必然具有其意義與作用，即謂它必然的有其客觀的效準。它何以必然的有其客觀的效準？則因爲美的本體在邏輯上它先天的必然要涉及並決定一切的「美」。而一切美的事實皆已接受其決定並被成就爲「美」。美的本體（吾人審美心中良知之天理）作爲一切美的形式條件，雖然只有以上所舉之六目，但是它涵攝一切的美。何則？因爲「美的本體」也就是一切「美」的基本「範疇」。所以一切的「美」皆必歸而總於其下：

㈠從客觀方面講：凡是一個「美」（美的形相），只要它成爲一個「美」，它必已具備了一個美的形式條件，亦即它必已接受了一個美的形式條件的決定而被成就爲一「美」。否則，它必不能成爲一「美」。但是，凡是一「美」它雖然必須具備一個美的形式條件，卻無妨它能同時具備兩個或數個美的形式條件。這在邏輯上並不矛盾，而實際上亦是不衝突的。

㈡從主觀方面講：吾人審美心中良知之天理（美的形式條件）它既先天的必然要涉及並決定一切的美，而其作用之方式並沒有一定的限制。即它的作用有時可以是「孤離而獨立的作用」；有時則可以是「交織而融合的作用」。當它孤離而獨立的作用時，則決定並成就一美之「單純相」；當它交織而融合的作用時，則決定並成就一美之「複合相」。

㉒ 即觀念（idea）上之眞實性。

㉓《孟子・公孫丑・上》所謂：「今人乍見孺子入於井，皆有怵惕惻隱之心」，即相當於此所云：「直覺之確定性」。所謂「達之天下」，即相當於此所云：「客觀之妥當性」。

「美的本體」通常是以「交織而融合的作用」爲其自我實現的方式。因爲宇宙萬物，紛然雜呈。單純的美雖然不是絕對非存在的，但畢竟是不常見的。譬如晴空萬里，海洋無際，天光水色，一碧萬頃。此可謂「純粹」之美所呈現的一種偉大的「美」的單純相矣。但是晴空中不時有浮雲飄來襯托，於是在「純粹」中又呈現另一種「和諧」；海洋中之波濤此起彼落，運動既有規律，聲音亦有節奏，於是在「純粹」中又呈現出另一種「秩序」。

總而言之：任何一「美」它可以只被一個「美的形式條件」所決定而成就其「單純相」；也可以同時被兩個或數個美的形式條件所決定而成就其「複合相」。當一個「美相」只具備一個「美的形式條件」的時候，這一個「美的形式條件」對於這一個「美」來講，它是既「必要」而且「充分」的；當一個「美相」同時具備兩個或數個「美的形式條件」的時候，這兩個或數個「美的形式條件」對於這一個「美」來講，它們是互相「窮盡」而不「排斥」的。關於這一點在吾人討論「美的本體」的作用時，是極重要的一個觀點。並且對於「美的鑑賞」與「美的實踐」亦有其一貫的影響，假如不先將這一點意識清楚而充分理解，則以後的問題亦便很難深切著明的了解了。

二、關於美的鑑賞問題之處理

如果說「美的本體」在美學中是最根本的問題，則「美的鑑賞」在美學中便是最重要的問題。處理「美的鑑賞」問題雖不如處理「美的本體」問題那樣艱難，但卻也有其相當的困難。處理美的本體問題之所以艱難，是因它需要吾人無中生有的無端平地起樓台。而處理美的鑑賞問題之所以困難，則是因爲它需要吾人披榛採菌，用撥草尋蛇的手段來把握眞實的論點以從事問題之討論。從某一個意義上講：平地樓台容或並不是一件更難的事情，而撥草尋蛇卻事實上有一些觀念上的困惑與技術上的障礙需要吾人加以清理。這就是處理美的鑑賞問題之所以困難的地方，因爲它必須多動一番手術（續），而未便直接陳述論題。

美的鑑賞問題不像美的本體問題那樣從來沒有被人耕耘過，在這塊土地上曾經有很多人流過血汗，但是他們隨意開墾，無人干涉，幾乎是一種無政府狀態。由於他們的工作未得要領，並且雜而無統，所以雖然他們曾經分別努力，並各有成就，然而卻將這塊土地所固有的「單純」與「明朗」破壞了。在他們許多並非究竟或者似是而非的說法中，比較有主旨的，約有三說：

㈠感情移入說：此派以審美的活動為主觀的情感移入於客觀的對象，必外物皆著我情感之色彩，然後審美之活動才可能產生㉔。

㈡心理距離說：此派以審美的活動為主觀的認識與客觀的對象之間需保持適當的距離，唯有在無過不及時，審美的活動才可能產生㉕。

㈢形相直覺說：此派以審美的活動為主觀的心靈於對象作單純而孤離的直覺（既非抽象的研究，亦無實用的目的），然後審美的活動才可能產生㉖。

以上三種學說，從某一個觀點來看，皆各有其成立的理由；而就某一個層次來講，也都頗能「言之成理，持之有故」。而事實上在吾人沒有發明更基本性的原則以前，它們確是最比較可以接受的學說。然而在義理的究竟上，則畢竟不是極成的；而根本上則是需要接受批評、審查，並被重新估價的。

吾人說「感情移入」、「心理距離」、「形相直覺」等，皆各有其成立的理由，是因爲它們怕各能片面的說明某種程度（層次）之審美活動，而使審美活動在某種程度（層次）上被吾人理解而接受。至於說他們畢竟不是極成的，則是因爲它們在原則上皆不是最基本性的究竟義（非第一義）。何以說在原則上它們皆不是最基本性的究竟義？這個問題便將使吾人涉及對「感情移入」、「心理距離」、「形相直覺」等學說之批評

㉔詳朱光潛《文藝心理學》第三章。
㉕詳朱光潛《文藝心理學》第二章。
㉖詳朱光潛《文藝心理學》第一章。

與重新評估。在批評它們以前，爲了避免產生誤會，首先要聲明一點：即吾人批評的態度是積極的，也就是說吾人批評之企圖與目的，唯在發現審美活動之本質特性，並建立審美活動之基本原則，而不是在於推翻它、否定它；相反的，正是爲了要肯定它、成全它。以下便將陳述吾人之批評：

㈠對感情移入說之批評

此派學說如前所述，其主旨唯在以審美的活動爲主觀情感的移入對象，亦即是一般所謂的「移情作用」。審美的人將主觀方面的情感移致於所審的審觀對象之上，使對象皆著吾人情感之顏色而同化於吾之情感，則因此主客之同一與情感之同化，審美之活動即作用於其中，而美感經驗亦遂產生。此種學說將審美的活動完全歸屬於吾人主觀之情感作用，在美學上雖然有其相當的意義，然而它的不完足與非究竟是很顯然的。首先，吾人願指出：審美活動與美感經驗如果眞是完全由於吾人主觀的移情作用，則「美」的客觀性問題便是吾人必須解答的問題，或者便是不能解答的問題。其次，感情移入說之弊是誤以審美的活動之「屬性」爲審美活動「原則」，也就是說此派在解釋審美的活動時過分地強調了吾人情感的作用。其實，情感與移情作用只是吾人審美活動之一種「屬性」而已，如果即把它當作審美活動的「原則」，這是吾人弗思之過，而在它也是不能夠勝任的（不能擔負說明審美活動的責任）。

㈡對心理距離說之批評

此派學說如前所述，其主旨唯在以審美之活動爲主觀認識需與客觀對象保持適當的距離。在無過不及時，審美活動的作用即形成，而美感經驗亦遂產生。此種學說將審美的活動完全歸屬於適當的心理距離，在美學上雖然亦有其相當之意義，然而其不完足與非究竟亦是很顯明的。首先，吾人願指出：適當的心理距離對於審美的活動言，它雖是一個必要的條件（其實審美的活動不單是需要適當的心理距離，同時亦需要適當的時空距離。前者是主觀的，後者是客觀的。無論主客，唯求於適，這當然是審美活動必須肯定的一個條件），但是它也僅僅只是一個必要的條件而已。如果我們在解釋審美活動時過分地強調了心理距離的作用，以爲有了它審美的活動就充分可能，那實在是一種偏執而危險的思想。其次，既然適當的心理距離對於審美活動僅僅只是一個必要條件，而不是充足條件，則吾人即應該嚴格了別其意義之分際。而心理距離之弊，即在誤以審美活動之「條件」爲審美活動之「原則」。其實，適當的距離對於審美活動只是一個客觀「所與」，也就是說它只是一個被給予的「條件」，而必不是一個能決定的「原則」。如果直接就把它當作審美活動的基本原則，這也是吾人弗思之過，而在它也是不能夠勝任的。

㈢對形相直覺說之批評

此派學說如前所述，其主旨唯在以審美的活動爲主觀於客觀的對象作單純而孤離的直覺。亦即審美的心靈一方既不能是理智的分析，一方亦不能有實用的聯想。而當吾人主觀之「心靈」於「對象」作單純而孤離之直覺時，審美的活動即作用於其中，美感經驗亦遂產生。此種學將審美的活動完全歸屬於對客觀形相的直覺，在美學上雖然亦有其相當之意義，然而其不完足與非究竟亦是很明顯的。首先，吾人願指出：形相直覺說作爲審美活動的學說言，它確是比較近似而能傳眞的一種理論。因爲它已經消除蕪雜，略見端倪，在審美活動中建立了「直覺」一觀念。所可惜者是沒有對此「直覺」一觀念作更進一步的「界定」與「陳述」，而又貿然牽連對象（形相）以爲說，則不免與人以混淆不清之觀念，而茫然未得審美活動之眞諦。其次，形相直覺說既是於主觀之「直覺」無交代而又牽連客觀之對象以爲說，所以與其說它是說明了審美活動之「原則」，無寧說它是說明了審美活動之「形狀」，或只說明了審美活動中之「主客關係」。而形相直覺說之弊，亦耑在誤以審美活動之「情狀」爲審美活動之「原則」。其實形相直覺說是不能作爲審美的原則的，因爲它不是究竟極成的。如果即把它當作審美活動的基本原則，這仍是吾人弗思之過，而在它也仍是不能勝任的。

以上吾人已經分別批評了感情移入說、心理距離說及形相直覺說三者作爲審美之基本原則之不完足與非究竟。這只是一種內容的批評，除此以外，吾人還可以總結地給予一個原則的批評：亦即在原則上無論感情移入說、心理距離說及形相直覺說，它們皆同具一根本的缺憾。那就是它們皆不能夠充分地彰著審美的認識主體。然而在美的鑑賞論中「充分地彰著審美的認識主體」，卻正是首要而唯一的工作。如果我們能夠充分的彰著審美的認識主體，則我們同時便能夠確然建立審美的基本原則，而於是乎美的鑑賞問題亦便獲得了根本的解決與說明。否則，不能夠充分地彰著審美的認識主體，則審美的基本原則便不能被建立，而美的鑑賞問題亦便不能得到根本的解決與說明。抑且審美的認識主體如不能充分地彰著，審美的基本原則如不能然建立，則凡吾人所可能提供的一切審美學說，皆無疑的只是一些似是而非之言，充其量亦只是一些第二義的補充原則。而且凡是第二義的補充原則皆必待附麗於第一義的基本原則才能夠有其確定而眞實的意義。否則，便將是無根之木，無源之水了。所以吾人首先批評以上諸說之目的唯在從事準備彰著審美之認識主體，以建立審美之基本原則。而彰著審美的認識主體與建立審美的基本原則，亦正所以成就並保障此諸說，使其不爲無根之木、無源之水，而能生動活潑，有其確定眞實的意義。

然則之何爲審美之認識主體？曰：審美之認識主體即是吾人之審美心體。審美之心體是一切屬於審美的活動的起源所在。雖然總持地說：它是一絕對的「全」或絕對的「一」，是不可分析亦不可言詮的，所謂「不有不無，亦虛亦實」者是也。但是分別地說：它卻具有多方面的意義與作用。同一個審美心體，作爲一切美的「形式條件」的先天依據言，它是範圍並成就美的「本體」；作爲一切美的「鑑賞活動」的先天依據言，它是審美的「認識主體」；作爲美的「實踐活動」的先天依據言，它是美的實踐活動的「主宰」。其次，審美心作爲審美的認識主體，此爲吾人解析美的鑑賞活動極鄭重的一步設立，由之將引申出審美的基本原則，以充分說明美的鑑賞活動之可能與實際。

審美的認識主體——審美心，譬如一面明鏡，它的唯一作用是能成「觀照」㉗。然而必須注意的是：鏡子必須保持它本性所固有的一些「德性」，才能夠成就其鑑物之作

㉗《莊子・應帝王篇》：「至人之用心若鏡，不將不迎，應而不藏，故能勝物而不傷。」，今以明鏡之「觀照」，喻審美心之「鑑賞」。

用。關於鏡子之德性，雖然不只一端，但是約而言之，總不外以下所舉之三點特徵：

一曰：「明」（明而且淨）。

二曰：「冷」（冷而且清）。

三曰：「平」（平而且靜）。

在鏡子之諸德性中，「明」是象徵並暗示吾人之審美心體必須保持高度的清明與自覺。相應於此，審美心體必然排斥一切「昏」、「迷」、「醉」、「夢」之精神狀況，而唯是保持此心之照靈不昧。否則的話，如寶鏡蒙塵，則失其觀照鑑賞之作用矣㉘。其次，「冷」是內不動，「平」是外不傾。中國佛教禪宗六祖慧能和尚所說的「外禪內定」㉙，即是義證。這兩點是象徵並暗示吾人之審美必須泯除一切可能的「衝動」（主觀方面）與「執著」（客觀方面）。抑更進而言之：除了明淨、冷清、平靜等德性以外，鏡子鑑物的作用是極簡易直接，而在一剎那間作用完成的。它不稍假借，因爲它不需假借；它不需假借，則因爲其事本簡易直接。由鏡子鑑物的作用是極簡易直接而在一剎那間作用完成，便象徵並暗示了吾人：審美心體的作用唯是一種「直覺的觀照」。但是，「直覺」有兩種方式，一種是感性的直覺，一種是悟性的直覺。

審美的直覺是一種悟性的直覺，而必不是感性的直覺。因爲感性的直覺是物質的、被動的，在表現的方式上是主觀服從客觀的；而悟性直覺（審美心之直覺作用）卻是心靈的、主動的，在表現的方式上是主觀決定客觀的。感性的直覺只能被動的由「感」而「覺」，而不能主動的觀照（觀字吃緊）；悟性的直覺則是主體的由「內」而「外」，以「主觀」把握「客觀」的一種「理智的直觀」或「直觀的理智」。以上關於審美的認識主體——審美心，吾人已經作了簡單的說明（吾人既明白了鏡子的德性及作用，則吾

㉘ 佛教禪宗六祖（北宗）神秀和尚偈曰：「身是菩提樹，心如明鏡台，時時勤拂拭，勿使惹塵埃。」（見《六祖壇經》自序）

㉙ 見《六祖壇經》妙行。其言曰：「外離相即禪，內不亂即定，外禪內定，是爲禪定。」

人同時亦便明白了審美心的德性及作用）。以下吾人便將從而申論審美的基本原則。

審美心的作用是「直覺的觀照」㉚，而這種「直覺的觀照」從其作爲審美的「認識主體」對於一切「審美的活動」能有其客觀的普遍的必然的「作用」與「決定」來看，它便是審美的基本原則。而這審美的基本原則——「直覺的觀照」，以上所言：它是一種理智的直覺或直觀的理智。總而言之：則它是一種「智的直覺方式」。吾人說它是「智的直覺方式」，此乃是尅就審美的基本原則的「本性」而言，也就是審美的基本原則的「本性」是一種「智的直覺方式」。如果我們尅就審美的基本原則的「屬性」而言，則吾人便說它是一種「智及的欣趣」。這種「智及的欣趣」在「本質」上乃是一種「直觀的智及」與「情感的欣趣」的合而爲一。也就是說：它的「智及」是直觀的，它的「欣趣」是情感的。在這裡吾人很自然地發現審美活動的兩大特質：其一爲「智」，其二爲「情」。而「智」與「情」的合一，便必然地產生「美」（此處「必然」一詞的意義在於表示：「智」加「情」等於「美」爲一普遍的公式與定然不易的原則）。愛因斯坦的相對論曾經將小宇宙（原則世界）中之原子現象歸納在一組公式之下，而建構出其振鑠古今的關於「能量」的方程式：

$E=mc^2$（能量等於質量乘以光速之平方）

吾人現在除建立審美心之實體外，其所能積極從事者，亦唯在網羅一切美的世界之現象內容，期欲將之納入於一簡易的公式之下。易經上面有兩句話說：「乾以易知，坤以簡能」，又曰：「易簡而天下之理得矣」[31]。蓋執簡御繁原爲治學者不易之定理，而吾人所從事之美學試探之使命，亦耑在發現並建立美學之方程式。茲以B代表「美」Beauty，I代表「智」Intellectuality，S代表「情」Sentiment，則其方程式可標示如次：

㉚ 謂心體虛寂，智光普照也。

㉛ 並見《易經繫辭傳・上》。

$B=I\times S^2$

抑更進而言之：審美是一種「智的直覺方式」（抽象的講），或「智及的欣趣」（具體的講）。它先天而必然的關聯著一切美的內容與事實。也就是說：一切的「美」皆在此審美的基本原則之下，被內在的關聯著。因爲一切的「美」皆內在於此審美的「智及的欣趣」的活動中，而爲其先天所攝具的「內容」，同時亦爲其必然把握的「對象」。離開此審美的「智及的欣趣」的活動，則主觀上即無任何美的意識，而客觀上亦無任何美的可能對象。然則一切美的認識，美的事實與美的經驗亦於是乎都熄，而所謂「美」亦只是一「非存在」之觀念了。

審美的基本原則既經發明，即它是一種「智的直覺方式」與「智及的欣趣」。則剩下來的問題似乎是吾人必須說明它的實際致用，也就是說：在吾人實際從事審美活動的當下，它是如何被吾人運用著去從事審美的活動？要答覆這個問題是非常吃力的。因爲對它所作的說明，一方面既是多餘的，一方面也是不可能的。這種「智的直覺方式」

（直覺的觀照）與「智及的欣趣」，靜態的講：它是一個「原則」；而動態的講：則它是一個「功能」。抑此一功能乃吾人審美心靈深處極神祕而微妙之一種機能，它非由外鑠，亦無關經驗，先天固有，是為「良能」。故曰：「審美是一種良能」。凡是良能都是不學而能的，同時也是不能被說明的。譬如飲食男女為吾人之良能，苟欲追問如何實際的去從事飲食男女，則未免貽笑大方矣。因為它畢竟是不可能亦無必要被說明的，從主觀上講：俗語所謂「運用之妙，存乎一心」；從客觀上講：佛家所謂「如人飲水，冷暖自知」。審美的良能雖然不能被吾人以執著的語言表示出來，但卻能在審美的實踐活動中被吾人漸次體認或忽然頓悟。此則雖眞知力行之士為能識之。過此以往，則「多言數窮，不如守中」[32]矣。

[32] 見老子《道德經》第五章。

三、關於美的實踐問題之處理

美的實踐問題可以說即是美的創作問題，然而它也可以不必「即是」或「等於」美的創作問題。世間之學者發表有關文藝與美的創作之理論，眞是多如過江鯽，繁如九牛毛，令人有一種目不暇給，心搖神迷之感。然而吾人對於彼等所喧嚷之學亦將不暇批評，因爲就某種標準來講，彼等所說原無可無不可，只是支離漫蕩，全不切要分明。爲是吾人處理美的實踐問題，唯在釐清此問題所應具之主要的和特定的內容，首先將問題明朗化，確定化。然後再安排問題之層次，並說明其意義。因爲美的實踐問題之處理必需經此一番釐清手續才能獲明確的意義。否則，長此衆說紛紜，莫衷一是。則「小言詹詹」[33]的結果，只有益增其叢雜蕪漫與烏煙瘴氣了。

在本節吾人愼重的採用「美的實踐」一詞，而不取「美的創造」或「美的創作」等名目，這是頗有用心的。因爲說「美的創作」意義太狹，而說「美的實踐」則義涵較廣。舉凡一切屬於美的活動，無論是本體上的工夫，或是承「體」起「用」所表現的各種創作活動，皆範圍於其下而統攝之。實際上「美的實踐論」亦唯以此二者爲其主要的與特定的內容。所謂本體上的工夫，即是對於吾之審美心體之一種涵養省察之工夫，也就是吾人之審美心自作「明明德」[34]。

所謂承體起用所表現的各種創作活動，即是吾人之審美心體發用流行所表現之各種活動。具體地講：也就是「成相成物」藝術之所事。然則審美心本體上之工夫（涵養省察），是爲美之「修習」，審美心發用後之流行（成相成物），是爲美之「創作」。而「美之修習」與「美之創作」之總合，則爲「美之實踐」。抑更進而言之：美之實踐必如此體用兼賅乃能眞正成爲一有充分意義的論題。否則，明「體」不明「用」，則虛而

---

[33] 見《莊子．齊物論篇》。

[34] 「明明德」，語出《大學》首章。朱註：「明，明之也。明德者，人之所得乎天而虛靈不昧，以具衆理而應衆事者也。但爲氣稟所拘，人欲所蔽，則有時而昏，然其本體之明，則有未嘗息者，故學者當因其所發而遂明之，以復其初也。」審美之涵養工夫實與道德之涵養工夫同樣嚴肅而眞切。

不實；明「用」不明「體」，則泛而寡要，是皆不足以明美之實踐之眞諦，故有識者弗取焉。

復次，美之實踐既是體用兼賅（涵養省察是體，成相成物是用），必不可偏廢者，而世間之學者每多偏言「創作」，這眞是所謂「捨本逐末」，難怪其支離破碎，愈去而愈遠。須知「體」不能「明」，則「用」必不能眞「成」，而美之實踐論之責任即耑在分別說明此體用及其體用之一貫。由於世間學者之未能發明此「本體」，其偏言「創作」之結果，影響已清楚的表現爲以下兩個事實：一爲這種現象在學術思想界有效妨害並阻礙了一部眞正有深度的美之實踐論的產生與發展；二爲這種現象在社會人心中普遍的形成一種觀念的混淆，此即「藝術」與「美」兩觀念之混淆是也。而今日社會在無形中「藝術」一詞已漸取「美」而代之，因而嚴重的造成一個時代「藝術」觀念的泛濫與墮落及「美」的意識之貧乏與卑陋。由此，吾人益見：在當今這個時代一部健全的「美的實踐論」的建立是極其重要而刻不容緩的事。蓋此既是一種當務之急，亦是吾人從事美學研究者之天職與本分也。

吾人現在關於美的實踐問題的處理，如前所述將分為兩大部分：㈠為美之修習部分：在於陳述審美心之涵養省察之工夫，以明美的實踐之「體」。㈡為美之創作部分：在於陳述審美心之作用流行（成相成物），以明美的實踐之「用」。請分別論之如下：

㈠關於美之修習

吾人曾經說美之修習是美的實踐之「體」，所以它在美的實踐論中是我們首先所要闡明與強調的。然而「美之修習」是何意義？修習何事？以及如何從事美之修習？這些問題都是我們現在所正要說明的。如前所言：美之修習即是吾人之審美心自作「明明德」的工夫，而此所謂「明德」者，亦即是吾人審美心中良知之天理也。故美之修習即是「明」此「明德」，亦即是「窮盡」吾人「審美心之中良知之天理」，所謂「窮理盡性」者是也。或難曰：既是吾審美心中良知之天理，則一切不外，本自現成，何必修習？曰：吾審美心中良知之天理誠然本自現成，然欲此「現成」者即為吾所「受用」，則亦談何容易？須知吾此審美心中良知之天理，雖是「固有」而「現成」者，倘無涵養省察之工夫以發明之，則終是隱沒不顯。如明鏡蒙塵，銀櫃深鎖，不能自覺，亦難成其用也。此所以「明德」必將明之，「良知」必將改之。而明德之必「明」與良知之必「致」，所以美之「修習」是必有其事，亦是必有其意義的。

復次，至於如何從事美之修習？此可有兩方面：即主觀方面的「窮理」與客觀方面的「格物」是也。而此兩者實爲一貫之道。即主觀方面的「窮理」必須落實在客觀方面的「格物」上，而客觀方面的「格物」即所以充實並印證主觀方面之「窮理」。茲將二者略作說明：

㈠「窮理」是一種靜態的工夫：凡從事於美之修習者，務必要令吾審美之「良知」昭然不昧，而其「天理」森然畢具於方寸之間。也就是要務令吾審美心中「良知」之「天理」永遠保持其充分的自覺與清明。舉凡生活之日用流行，隨時隨地，要能靈明長存。內以涵養省察，外而觀照鑑賞，自家之動靜語默，眼前之一花一葉，莫非吾用之之「時」，亦皆吾用心之「處」。如此修習，持之以恆，一旦豁然貫通，自然「理」窮「智」明矣。唯此尙只是一種「漸教」㉟工夫，所以普接群機而爲衆人說法者。至於有上乘利根之人，不需「修習」，自有「頓悟」，所謂「不作方便」，「亦無漸次」㊱，此種人乃是天生之大智慧，其審美之直覺力無心強烈而異常鋒利，莊子所謂「目擊而道存」㊲者是也。關於這一層境界，吾人暫時存而不論，因爲這種高明智者我們對他只能欣賞贊嘆，他的境界是不可學習的，所以也是不可思議的。

㈡「格物」是一種動態的工夫：凡從事於美之修習者，除了主觀的窮理工夫，當需作客觀的格物工夫，以便獲取眞實而具體之經驗。古人所謂：「讀萬卷書，

㉟《六祖壇經．頓漸》：「法即一種，見有遲疾。何名頓漸，法無頓漸，人有利鈍，故曰頓漸。」

㊱見佛教《圓覺經》卷上：「謂上根之人，不假工夫，亦無過程，當下頓悟也。」

㊲見《莊子．田子方篇》。郭注：「目裁（案：裁、才通）往，意已達。」成玄英疏：「擊，動也。……目裁運動，而元（案：元、玄通）道成焉。」

行萬里路」便是最好的註腳。舉凡人類一切智慧的文獻典籍（有關審美的），與夫天下之名山大川，奇工異巧，吾人皆當閱而歷之，以增益其知識見聞，而充實其創作資本。唯此亦只是一種漸教工夫，苟有上乘利根之士，則老子所謂「不出戶，知天下；不闚牖，見天道」㊳。彼不用格物，即能頓悟，而物自通。然此亦非常人境，不可學習，不可思議，故亦暫存而不論。

㈡關於美之創作

吾人曾經說美之創作是美的實踐之「用」，亦即是吾審美心作用流行，成相成物之「用」。這種「用」先天而必然的要以美之修習爲其「體」，有此體才能有此用，無此體則必無此用，而此體用之合一，即是美之實踐活動的一貫之道。唯此種由美之修習以說明美之創作，實際只是一種原則性之說明。它除了說明一個原則以外，並沒有提供任何內容。所以爲了具體地說明美之創作活動，吾人將採取一種分解的方式，以解析出全幅美之創作活動之實際。然而要解析全部美之創作活動之實際，則必須確當地說明以下三點，即：

㈠爲何爲美之實現性？
㈡爲何爲美之可能性？
㈢爲何爲美之現實性？

這三個問題如果獲得充分的解答，便窮盡了美之創作活動，亦充分說明了美之創作活動。現在吾人先只簡單扼要地說明這三個問題之意義，並以下列三個綱領解析出全幅美的創造活動之實際：

㈠美之實現性——「心」：此即是審美之心靈是也。審美之心靈作爲美之「實現性」，這是有關美之根源性之論述。因爲「心靈」之觀念是「純實現性」之觀念，所以美之「實現性」唯是以審美之心靈爲其先天而內在之依據。吾此審美

㊳ 見老子《道德經》四十七章。

之心靈先天地攝具一切美之意識於其中，並且由於其本性之昭靈不昧，至健不息，它「必然」地要求對一切屬於美的事物，予以「認知」並「創造」，而其「認知」與「創造」是合一的也是一貫的[39]。抑且審美心靈之「必然」地要求對一切屬於美的事物予以認知並創造，此不單是就某一人之主觀言是爲此，而凡人皆莫不爲此。蓋此種審美心靈之「性用」，就智者言它是「一佛性俱」的，就一般人講則它是「衆生同俱」的，並「自聖獨證」是如此，「諸聖同證」亦復如此。

換句話說：它是「一般」而「普遍」的。而吾人由審美心靈作爲美之「實現性」一義，一方面可引申出美之「必然性」，一方面亦同時可引申出美之「普遍性」。

㈡美之可能性——「理」：此即是美之良知之天理或純美自我是也。美之良知之天理（純美自我）作爲美之「可能性」，這是有關美之基礎性之論述。因爲

「天理」之觀念是一切創造活動之先驗基礎（邏輯上必先有此「理」然後「可能」有此「事」，雖然有此「理」並不「必然」有此「事」），所以美之「可能性」唯是以美之良知之天理或純美自我爲其先驗的基礎。吾審美心中良知之天理，它先天的對於一切美的事物要克盡其「範圍」與「構造」之能事。《易經》所謂：「範圍天地之化而不過，曲成萬物而不遺」[40]者是也。同時，因爲在審美的活動中，美的「認知」與美的「創造」是合一的，所以純美自我之「範圍」作用與「構造」作用也是合一的。

換句話說：它一方面使美之「認知活動」爲可能，一方面亦同時使美的創造活

[39] 此所謂「認知」與「創造」之合一，即相當於克羅齊美學之「直覺即表現」（參看朱譯《美學原理》第一章及朱著《文藝心理學》第十一章）。

[40] 見《繫辭傳》上。

動爲可能。吾人此種將一切美的活動之「可能性」奠基於吾人審美心中良知之「天理」（或純美自我），實際上是一種攝「所」歸「能」的手段。而於是乎吾人由美之「可能性」一義，一方面可引申出美之「主觀性」，一方面亦同時引申出美之「絕對性」。

㊂美之現實性——「器」：此即美之良知之「天理」（或純美自我）客觀化於經驗界是也[41]。純美自我客觀化於經驗界之觀念作爲美之「現實性」，這是有關美之形象性之論述。因爲「經驗」之觀念指謂一切感官材料之所與，所以美之「現實性」唯是以感官材料之所與爲其客觀化之憑藉。感官材料之所與即是宇宙之萬象，天地之萬物，也就是「器」世界之全幅內容[42]。器世界之內容雖然是紛然雜陳，但是我們可以把它歸納在「聲」與「色」兩大範疇之下。那麼，純美自我客觀化於經驗界之問題，只要通過「聲」與「色」兩大範疇之決定，它便能夠「客觀化」而具有「形象性」。

也就是說：美之良知之天理（純美自我）只要通過「聲」與「色」之決定，美之「現實性」便能夠充分地被滿足。又純美自我之客觀化於經驗界，同時即是其自限於經驗界。因爲客觀化之意義即是指謂：由「普遍」過渡到「特殊」，由「抽象」過渡到「具體」，由「形式」過渡到「內容」，由「無形」過渡到「有形」。這個道理很簡單：凡是被決定的都是有限的存在，而凡是有形象的都不是絕對圓滿的。因此吾人由美之「現實性」一義，一方面可引申出美之「客觀性」，一方面亦同時可以引申出美之「相對性」。

吾人由以上三條綱領解析並說明全部美之創造活動之實際。然而這只是一種分解的

㊶ 此即普通美學中「傳達」與「傳達工具」之問題，就第一義之美學言，固然可以不論，但就美學之全幅內容言，則亦爲不可忽視之一環，否則成就了「美」，卻扼殺了「藝術」，其不可明矣。

㊷ 《易經・繫辭傳》曰：「見乃謂之象，形乃謂之器」，又曰：「形而上者謂之道，形而下者謂之器」，器世界即具體有形之經驗世界也。

方式與靜態的說明。美的創造活動在邏輯上離不開動態的觀念，所以對於美的創造活動之說明，吾人必須再建立一動態的觀念，那就是審美心中「良能」之作用。

「良能」之觀念所以為動態的，是因為它的作用在於能夠真實有效的將美之實現性，美之可能性，以及美之現實性三者，予以綜合而一貫的成就。並且因為「良能」之觀念與「良知」之觀念，二者同為吾審美心體之屬性，所以它（良能）也是一種先天的能力，而為吾審美心所內在固有（非由經驗中學來）。在吾人之美學中少不了「良能」之觀念，正如在普遍藝術中少不了「天才」之觀念一樣（康德曾經以為「天才」之觀念唯屬於「藝術」，在其他學術中，雖有「巨頭」，但無「天才」）。因為它（良能）是一切「創造」活動的真實力所在，而離開它（良能）亦便無真實的美之「創造」活動可言矣。

參、結論

以上業經分別說明吾人美學之「性質」，以及其所處理的美學問題之內容。茲請結而論之如下：

吾人將全部美學奠基於審美心之絕對實體之概念，以建言美之「良知」與「良能」。並由此審美心之絕對實體之概念，廣開美之本體論，美之鑑賞論，與美之實踐論三方之義理途徑。

其次，吾人在有關「美之本體」的討論中所做的工作，是在美的「本體」（審美心）中發現美之「範疇」，亦即發現吾審美心中之「良知」以說明吾審美心的「立法」之意義。這個工作的性質有兩方面：

㈠在主觀方面是由觀察默契以體貼出吾審美心中良知之天理，亦即發現美之基本範疇，此是一種對於美的本體之「形而上的分析」。

㈡在客觀方面吾人既已發現了美的基本範疇，則其唯一之目的耑在說明此範疇之致用，亦即在於說明並保證美之可理解性與合法性，此則爲美之「先驗分析」。形而上的分析是明「體」，先驗的分析是明「用」。吾人有關美的本體之討論，其主旨即在說明此體用及其體用之一貫。

其次，吾人在有關「美之鑑賞」的討論中所做的工作，是在美的「認識主體」（審美心）中建立審美的基本原則，亦即肯定吾審美心中之「良能」以說明吾審美心的「司法」之作用。這問題的處理有兩方面：

㊀在消極方面我們曾花費了一些精神用在批評世間學說上。雖然我們批評的只有三種學說，但這是有相當代表性的。除此之外，雖然還有或者可能將有很多的

學說是我們未及論述的。但是，如果我們能夠眞實而究竟的發現審美的基本原則時，則我們便能夠「得其環中以應無窮」㊸。而一切非「此」而「彼」的學說，亦皆無疑的可以不見而知：它是非常眞實究竟的。何以故？究竟不二故。

㈡在積極方面我們是致力說明兩點：一爲審美活動的「本質」之說明。相應於此，我們闡明了審美活動之「本質」是吾審美心中「良能」之作用表現爲「智的直覺方式」一義。二爲審美活之「屬性」之說明。相應於此，我們闡明了「智及的欣趣」一觀念。

蓋審美活動是一種「直觀的理智」與「感情的欣趣」的圓融合一。即智之時，情在智；即情之時，智在情。換句話說：它是「即智即情，即情即智」；而「即智是情，即情是智」。此並非是無意莪的玄談，實爲審美活動無上究極之勝義諦。捨此而外，便是生滅顚倒，而審美活動之「究竟」亦便難得其「三昧」矣。

其次，吾人在有關「美之實踐」的討論中所做的工作，是在美的「主宰」（審美心）中探求美的實踐之先天依據，並從解析出全部美的創造之實際。這個工作的內容有兩方面：

首先吾人由「美之修習」以明美之實踐之「體」（其實所發明者爲美之實踐之本體上之工夫）。亦即證明美之實踐之本體上之工夫，耑在「窮理」與「格物」兩事。一旦「物」格而「理」窮，則大本既立，而美之「創造」亦於是乎充分可能。其次吾人分別由美之「實現性」，「可能性」與「現實性」三觀念，解析出全幅「美之創造」活動之過程，並以吾審美心中「良能」之作用說明此三者之爲一貫之道，而「美之創造」活動於是乎亦便充分展示並說明矣。

㊸ 見《莊子·齊物論篇》。環中，喻處是非之原則。無窮，指衆說紛紜之是非而言。

關於吾人對美學問題所作之分析與整理，其大略已爲上述。現在所要反省說明的是有關吾人美學之精神面目，並對它作一種生理的檢驗，以探求其生物學的血緣關係㊹。爲實言之：吾人之對美學所從事的所謂「返本復始」與「創造維新」之努力，其內容是非常空洞的，因爲它幾乎百分之百的是一種「假借」㊺。

孔子曾經說過：「吾非生而知之者，好古敏以求之者」㊻。荀子也曾經說：「君子生非異也，善假於物也」㊼。吾人對美學所從事的努力本著孔子「好古敏求」的精神並運用荀子「善假於物」的方法。至於吾人美學所假借利用於古人者究爲何物？一般地講，雖然所資極博。但其主要之大端，則不外以下三家：

一、莊周

二、孟軻

三、康德

吾人所取於莊周者爲其哲學所充分彰著並凸顯的「玄思的心智」；所取於孟軻者爲其哲學所主張的「良知」與「良能」的學說；所取於康德者爲其哲學所極力強調的「批判的思維方法」。換言之：吾人之美學實以莊周「玄思之心智」爲「靈魂」而發放其「精神」；以孟軻「良知」與「良能」之說爲「骨格」而生長其「血肉」。至於康德「批判的思維方法」，則僅假以爲陶鑄吾人美學之「手段」與「工具」耳。

或曰：「像你這樣牽扯古人，豈非挖他人之肉，吸他人之血，而搓自己的肉圓子嗎？」

㊹ 此一步工作相當於近代醫學之「精神分析」與「生理解剖」，爲理解一個「生命個體」之兩種手段，必須「神」與「形」同時把握然後才能眞知一個生命個體。
㊺ 事實上毫無創見，等於是述而不作。
㊻ 見《論語．述而篇》。
㊼ 見《荀子．勸學篇》。

答曰：「這又有何不妥？老兄亦未免太仁慈了！須知天地之間原無絕對不變的東西，所以亦無眞正私有的東西。宇宙萬物在客觀上只是一系列的『變化』；在主觀上只是偶然間的『假借』。莊子所謂：『浸假而化予之左臂以爲雞，予因以求時夜；浸假而化予之右臂以爲彈，予因以求鴞炙；浸假而化予之尻以爲輪，以神爲馬，予因以乘之。豈更駕哉』㊽。」又曰：「『假於異物，託乎同體』㊾。此即是一種萬物各自『變化』與互相『假借』的宇宙觀。而近代的生物化學對於『生命』的觀念，以及近代物理學對於『物質』（能）的觀念，也都可爲此義之佐證。然則，吾人之美學雖深有所取，博有所資，亦何傷哉」?!

最後，休謨曾經譏諷「神學」是「不能生育的尼姑」㊿，因爲它虛玄恍惚，完全不能落實於經驗（不能產生經驗知識）。「美學」與「神學」一樣，都是屬於第一義的學問，很容易被人拿來只從事本體論的「玄談」，而其中之語言類皆同語重複之套套邏輯，或爲修飾性的描述語句，或爲概念的遊戲語句，是皆所謂「不能生育之學」也。然而對於神學與美學之不生育性，難道我們亦將同於休謨之態度，懷疑否定，主張取消，便算交代了嗎？顯然這是不可能的，然則捨批判的方法以重新處理該類學問外，豈有他途可循乎。此在康德哲學中便形成「形而上學如何可能」的批判工作。而吾人之認眞維護美學作爲第一義學問之精神面目，並同時愼重抉擇批判的方法以重新處理美學之問題，其目的即在決定美學第一義的「性質」，並同時改變美學不生育之「性別」。務令它既是「玄思」亦是「經驗」；既是「玄理」亦是「判斷」。因而呈現出一嶄新之精神與面目。雖然，這也許只是一種試探，但它卻是一種理性的與可能的試探。試探著在天蒼地茫，或柳暗花明，峰迴路轉之間，發現並開闢一個煦日和風，氣象萬千，山川大地，壯闊無邊的新宇宙。

㊽ 見《莊子·大宗師篇》。

㊾ 見《莊子·大宗師篇》。

㊿ 見⑥所引。

幽谷夜譚

祕本

曰：所云如是爲是之美，即非爲是如是之美，是爲爲是如是之美。

若夫時維九月，序屬三秋。落日殘照，夕陽有無限之好；紅葉薰山，宇宙帶非常之嬌。於是乎霞光萬道，瑞氣千條，白晝既云過去，大地還自平澄。雲空天外，點點寒鴉回巢，草莽巖間，陣陣虎豹歸穴。繼而黃昏漸晚，玉兔方升，萬籟俱寂，一片清寧。且夫夜色蒼涼，隱約山脈起伏；月光暗淡，恍惚大江明滅。於時，王百谷方中谷而坐，形如棲木之枝，心若死灰之餘，孤居獨處，既無侍者眷屬，抱樸同塵，亦無法相莊嚴。不香不火，自然當前淨土，非禪非定，法爾本具神通。

夫今夕何夕乎，三更甫過，忽然心血來潮，方覺悟間，谷口風起；飛沙走石，林木動搖，已有客自山外遠道御風來訪。此人非他，蓋西方阿爾卑斯山之一散仙也。相見禮畢，客曰：久聞先生道高德深，思玄義重，千百年來，幽居谷中，冥契證悟，得失於甚深無上，圓滿無漏，無體無方之智，六合內外，三世終始，先生皆囊括無餘，明白底細，無知而無不知，弟子愚陋，智慧未開，今日叩謁，實幸三生。

曰：噫。是何言哉，貧道窮居深谷，不識不知。放風而行，既不知其所以；總德而立，亦不知其所如。且夫韜光養晦，意無所起；閉智塞聰，智無所用。雖然，吾子不遠千里而來，其亦將有責於某乎。

曰：弟子學道日淺，未聞眞諦，私心有一疑竇，久未能開，今幸得見道長，願爲一吐。

曰：有問便答，無問便罷。

曰：弟子之疑，由來既久，蘊含且深，此疑非它，即：云何爲美是也。

曰：噫。是何疑哉，先生得毋玩笑乎。

曰：豈敢，弟子雖不敏，然自信爲學之嚴肅態度未始或蕩，實以美之爲物，惟恍惟惚，而求其究竟，了不可得。然美醜之道苟不彰立，則宇宙於是乎無光，人生因而乏潤，而乾坤機運，亦幾乎熄。弟子以是恐懼，用特不辭千里，趨前問道，幸先生有以教之。

曰：噫。子何用心之仁且多慮也。是不難。居。吾語汝：夫美者美也，美之謂美，美也者美之謂也，知美之爲美，則知美矣。

曰：先生之言簡易高古，惜弟子淺薄，不甚了了，唯私心竊以爲先生之言似頗有類於西學中之套套邏輯，夫A是A，此種命題實無多意義，不知高明更有何教。

曰：差矣，子之未聞道也。是不難。居。吾更語汝：夫美者醜也，即醜是美，知美之爲醜，則知美矣。

曰：先生之言益不可解矣。夫美與醜，兩在而異情，今先生謂即醜是美，而大不然於形式與邏輯中之矛盾律，則弟子之惑滋甚，而難爲其情矣。

曰：嗚呼，哀哉。子之遠於道也。須知：無意義即是全意義（「美即美」在形式邏輯中其外延最小，故其內容最大），不理解即是能了解（「美即醜」在辯證邏輯中雖詼詭譎怪，可以道通爲一）。夫「美者美也」此實美之爲實義，而「即醜是美」便爲美之究竟義，如實而究竟，即入三昧矣。客聞言大喜，五體投地，長跪低首，而白言曰：宇宙之大有所不盡，秋毫之末難乎其致，弟子非至於先生之門，則恐長抱糊塗，難能醒目，永拋迷悶，終不得聞此如實究竟無上圓滿之智慧矣。

居有頃。客默然作思，似若復有所疑，曰：云何爲美之義先生既教之矣，弟子雖不敏，亦能恍惚得之。今復有一疑，更請破之，此疑非它，即：美惡乎在是也。

曰：是何疑哉，得非昧於美之內外義乎。雖然，吾將爲汝破之。夫美滿天下，普在物所，然求其根本，究竟不外吾心，故曰美內也，非外也，以美爲外者，未知美之所在也。

曰：然則美果內乎。

曰：然。

曰：美之爲內將作何解。

曰：此須詳爲辨別，夫俗之所謂美者，以外物形象之美也，彼等執外物形象之美，而未知外物形象之所以美也。

曰：然則外物形象之美與外物形象之所以美將云何分別。

曰：外物形象之美者，此是美之形象，美之形象是謂美相，美相雖外在於吾心，但不離於吾心，離吾心之覺，則無美相之可得矣。而外物形象之所以美者，此是美之形式（美之理），美之形式是謂美體，美體內在於吾心而爲吾心所固有，有吾心之美體（美之形式）而後對美相（美之形象）之認知爲可能，抑以吾心內在固有之美體以認知外在不離吾心之美相，遂產生一美之認知活動，抑此種美之認知活動復內在於吾心而爲吾心之內在作用，由此作用遂產生美之經驗，美之經驗是謂美感，而美感亦遂不外吾心。

抑更進而言之：美體是能成美之因，美感是所成美之果，美相特一所假借之緣耳（吾之審美心爲能緣，美相爲所緣，能緣是心，所緣是境，此所緣境之美相復有二義：一爲實義的美相，亦即經驗世界中之諸美之形象是也。二爲虛義的美相，亦即心靈世界中由於記憶聯想想像所具之諸美之形象之觀念是也。實義的美相以其實呈於外在的經驗世界，故爲美之「外相」，虛義的美相以其虛呈於內在的心靈世界，故爲美之「內相」。美之內外相雖異，然其同爲吾審美心之「所緣」與「所對」則一）。

美體既內在固有於吾心，美感亦內在實得於吾心，美相雖外在於吾心，但既爲吾心（審美心）所緣所覺而成其爲美相（不爲吾審美心所緣所覺則只是形象，不得爲美相，形象原無所謂美），故亦必不離吾心而獨立，然則美之究竟內在於焉亦明矣。

客聞言大喜，五體投地，長跪低首，而白言曰：夫美誠內矣，非外也。其根本究竟不離吾心，而俗之以美爲外而求之者，眞所謂水中捉月，鏡中探花，沿門乞火，闔眼求明；迷妄顚倒，莫此爲甚。今先生一朝發明美之內在義，點醒愚癡，轉迷成悟，而天下之求「美」者由是而庶幾能有所得矣。

居有頃。客默然作思，似若復有所疑。

曰：美之內在義既詳聞之矣，唯弟子蒙昧，此中復有疑見存焉，此疑非它，即：云何爲美體以及云何方成就得美是也。

曰：是何疑哉。居。吾語汝。夫所謂美體者既指謂內在於吾心之美之諸形式矣，而所謂內在於吾心之美之諸形式者，即是吾審美心所具備之諸德（理）也。抑吾之「心（審美心）德」本無窮無量，然總持而綜攝之，則措其要端不過有六，云何爲六，曰：圓滿也，殘缺也，對稱也，和諧也，秩序也，純粹也。此猶吾之「心（道德心）德」本無窮無量，然總持而綜攝之，則措其要端不過有四，云何爲四，曰：仁也，義也，禮也，智也（或加「信」爲五常）。有吾主體心中善之諸形式，方成就得善之百行，同樣有吾主體心中美之諸形式方成就得美之萬象。蓋吾之審美心既固有此諸美之形式（美體），則緣於境（形象）便有爲吾審美心之諸美之形式所成就之諸美之形象（美相），此諸美之形象（美相）復再度爲吾審美心所緣，即內在於吾心而產生諸美之經驗（美感）。

是故由吾心內在固有之「美體」以成就外在不離吾心之「美相」（致吾心之美體於外在不離吾心之「形象」，此形象即起絕對之變化而被成就爲「美相」），而翻成吾心內在實得之「美感」，此一作用之過程即是美之被成就之過程（此所謂「過程」只是一方便所立之僞名，究竟言之，爲：電光石火，原只剎那間事）。

抑更進而言之：此種作用過程有兩種特性，即：此種作用過程既爲一貫地，亦爲循環地。所以一貫者，以其漸次必然，絲毫不爽也。所以循環者，以其既發生於吾心，亦反成於吾心也。客聞言大喜，五體投地，長跪低首，而白言曰：夫美誠虛靈而不可捉摸矣。以言其過程：則漸次絲毫不爽。以言其實際：則剎那變化作用。以言其究竟：則出入（生成）不離吾心。非天下之聰明睿智，惡足以行此善巧解析而窮其極乎。

居有頃。客默然作思，似若復有所疑。

曰：云何爲美體以及云何方成就得美之義既受教矣，惜弟子不敏，未能反三，今尚有疑惑，更請開示。此疑非它，即：吾主體心中之美體爲先生所言：一方既爲對美相之認知之所以可能（見前節美惡乎在一問之答辭），一方又爲對美相之成就之所以可能（見上節云何爲美體一問之答辭），夫認知是靜態的觀照，成就是動態的創造，「動」與「靜」既殊途，「鑑」與「作」亦異趣，弟子以是迷惑，未審將何由圓通其說。

曰：善哉問也，夫「動」與「靜」誠不一，而「鑑」與「作」果不類，然此特就其作用處強爲如此分別不同耳。雖然，吾將爲汝言其因地之法行，以見其本際之合一。

善男子，須知吾之主體心無始以來備有諸德可能，此諸德能，苟自其流行作用處觀之，則確乎萬方殊途，苟自其總持依住處觀之，則畢竟同體一心。

抑更進而言之：吾之主體心既能立法亦能司法，立法則成就萬象，司（執）法則認知萬象，二者既同乎體，亦並乎用（既不是在立法之心外，別有乎司法之心，亦不是在立法之用之外，別有個司法之用），既無彼此之分，亦無先後之勢。抑吾之主體心既立法與司法合一，故吾之審美心即觀照與創造不二，吾此時之心靈非動非靜，亦動亦靜，而即動即靜。夫動靜一如，鑑作同體，此其所以能妙萬物而爲言也。

客聞言大喜，五體投地，長跪低首，而白言曰：夫審美之心體動靜一如，故即觀照與創造不二，抑此「心」原即此「理」（審美心即審美心中所具之諸美之理），故美體一方既爲對美相之認知之所以可能，一方即爲對美相之成就之所以可能，蓋「認知」唯此審美心中之諸美之理，「成就」亦唯此審美心中之諸美之理，此心此理，德用無窮，今先生舉而建立之，則大本立而達道行矣。

居有頃。客默作思，似若復有所疑。

曰：吾之主體心既立法亦司法以及吾之審美心即觀照即創造之義既受教矣，惜弟子愚昧，今復有一疑，更請開示。

此疑非它，即：吾之審美心是觀照與創造合一，而又曰美之成就過程漸次井然（見前節末，云何方能成就美一問之答辭），夫合一則無分於彼此，漸次則有成於先後，無彼此而有先後，弟子以是迷惑，未審其說將以自解。

曰：善哉問也，夫審美之活動究竟言之：畢竟只須一念可覺，便自隨順成就，所謂「才動即覺，才覺即化」，此心體之至神至妙，有大不可思議共存焉，唯此神妙，於大不可思議中，不立方便，亦無漸次，此則美之本性以爲虛靈變化而莫知其極也。然審美之活動方便言之：自須安立漸次【由吾心內在固有之美之諸形式（美體），以成就外在不離吾心之美之諸形象（美相），而翻成吾心內在實得之美之諸經驗（美感），此即爲所安立之漸次方便】。所以然者，世人根有頓漸，故法亦有頓漸也（法本無頓漸之名，但爲方便故，隨根僞立耳）。

曰：然則吾是「頓」而非「漸」可乎。

曰：不可。不可。

夫頓法以言其（指審美之活動）「頓」也，漸法以言其（同上所指）「實」也，故頓漸冀其人之「悟」，漸法求其人之「解」，大乘上根由「悟」而「悟」，小乘下根由「解」而「悟」，雖其大小殊途，然而頓漸同歸，及其成功無以異也。

客聞言大喜，五體投地，長跪低首，而白言曰：夫美之活動甚深難言。以言其「實」，則漸中安立漸次；以言其「極」，則頓中究竟一念。抑一念無妨漸次，漸次無妨一念，夫兩不相妨而法性不動，此則審美活動之如實與究竟也。

居有頃。客默然作思，似若復有所疑。

曰：審美之活動究竟言之：則不立方便，亦無漸次。而方便言之：則安立漸次，令生解悟，此義既受教矣，惜弟子愚昧，今復有一疑，更請開示。此疑非它，即：云何修習以為美之鑑賞是也。

曰：是復何疑之有哉，雖然，吾將為汝言之。夫既云修習，則必也學乎。學有兩義，云何為二，一曰覺，二曰效。所謂「覺」者，由因地開悟，於本際生知，此「自誠明謂之道」也；所謂「效」者，於圓處求規，於方處求矩，此「自明誠謂之教」也。

曰：然則美之學為何。

曰：美之學「覺」而不「效」。

曰：所覺何事（由因地開何悟，於本際生何知）。

曰：於心體而覺心德也。蓋吾審美心中固有不學而知之良知，亦固有不學而能之良能（不學者謂心所固有，非由外鑠，亦即無待外學，還須自覺也），抑美之形式即爲吾審美心中良知之天理，而能用之以認知並成就美者，便是吾審美心中固有之良能，凡此皆不學而知不學而能，要在乎必有美之自覺耳。

故曰：審美之活動究竟言之，畢竟只須一念可覺，便自隨順成就。抑更進而言之：美之修習之道耑在吾審美心之能有美之「自覺」（美的良知），而美之鑑賞之道則唯是吾審美心之運用美之「直覺」（美的良能）。美之「自覺」是爲美之本際修習，而美之「直覺」是爲美之作用鑑賞。以自覺故，明心見性，而美之本體成就；以直覺故，能觀成照，而美之鑑賞成就。故曰：成二覺（須知二覺只是一心）則美無餘事矣。

客聞言大喜，五體投地，長跪低首，而白言曰：夫成二覺則美無餘事，二覺只是一心，故明心則美無餘事，明心者明此審美心自覺之良知而用其直覺之良能也。故明一心而成二覺，則美之修習事畢而鑑賞功成矣。

居有頃。客默然作思，似若復有所疑。

曰：云何修習以爲美之鑑賞之義既受教矣，惜弟子不敏，今復有一疑，更請開示。此疑非它，即：以自覺故，美之本體成就，以直覺故，美之鑑賞成就，此固然矣。唯美之本體與美之鑑賞雖成就，美之創造尚未明見成就，然則成就二覺是否畢竟美無餘事，弟子爲是迷惑，願聞其詳。

曰：不亦善乎，而問之也。夫法有頓漸，義有眞俗，眞諦特言究竟，俗諦從其方便，以眞應俗者，難爲其情；以俗求眞者，難乎其至。雖然，吾將爲汝言之：夫俗之論美者，其道多途，漫雜無統，唯統而言之，總別有三：云何爲三？一曰美之本體，二曰美之鑑賞，三曰美之創造。就中美之本體以其境涉幽明，其深難識。而虛靈變化，神鬼不測，法界彼岸，欲濟無梁，故世之學者，尠有所論。而美之鑑賞以其體變無常，神用無方，故世之學者雖泛有所論，要皆未得環中。唯美之創造以其切近事實，動靜方圓，有象可尋，故世之學者多放言牽論，以盡其能事焉。善男子，須知美之創造究竟言之本無其事，既無其事，何得多言之有。然而世之學者每多言之，夫不務本，則道不生，務於外，則逐於末，逐末而不反，吾不知其然，亦未見其成也。抑美之創造既爲世之學者最能用武，而爲吾所最不屑論，非不屑論也，究竟言之，本無其事也。

曰：先生之言誠不可解矣，夫美之創造實有其事，以何究竟得言本無其事。

曰：此須分別言之：夫美之創造究竟言之本無其事，方便言之可有其事，其事有二：云何爲二？一曰實踐涵養，二曰成相成物。美之創造以實踐涵養爲體，以成相成物爲用，然此特方便言之可有其事耳。吾方將歸「涵養」於「本體」，攝「成物」於「鑑賞」（「涵養」即指謂美的本體之良知之「自覺」，「成物」即指謂美的鑑賞之良能之「直覺」。以自覺故，明心見性，明心見性故，美之本體成就，而「涵養」亦在其中矣；以直覺故，能觀成照，能觀成照故，美之鑑賞成就，而「成物」亦在其中矣），然則美之創造無覓處矣，美之創造無覓處，故曰：究竟言之本無其事。抑美之創造究竟言之，本無其事（爲實言之：只有由「自覺」所成就之美之本體與由「直覺」所成就的美之鑑賞），故終曰：成就二覺則美無餘事矣。

客聞言大喜，五體投地，長跪低首，而白言曰：夫美之活動既有頓漸，美之意義還有眞俗，今先生斷然揭示第一義之眞諦矣，而深言美之本體，闡明美之鑑賞，以遮撥美之創造，此所謂別具慧眼，獨闢徯徑，言人所不知言，道人所不能者也。居有頃。客默然作思，似若復有所疑。

曰：成二覺則美無餘事之義既受教矣，惜弟子不敏，今復有一疑，更請開示。此疑非它，即：所云「美相」既爲吾審美心中美之形式所成就（見云何方成就得美一問之答辯），而又曰：攝成物於鑑賞（直覺與創造合一），夫美之形式（美之本體）不一於美之鑑賞（美之直覺），然則畢竟何者成就美相，弟子以是迷惑，願聞究竟。

曰：是復何疑之有哉。雖然，吾將爲汝言之：夫美之本體形式是爲美之良知，而美之鑑賞直覺是爲美之良能，「知」與「能」分別言之：雖二而不一。如實言之：則一而不二。蓋二者同爲吾心（審美心）之屬性，以言乎究竟；則本際圓融，平等相涵（知之中有能存焉，能之中有知存焉）。抑更進而言之：知與能究竟不二（即知是能，即能是知，而即知即能，即能即知），故美之鑑賞亦即同於美之本體，美之鑑賞既同於美之本體，則所謂畢竟何者成就美相之疑於焉亦可以渙然冰釋矣。

客聞言大喜，五體投地，長跪低首，而白言曰：夫審美心自覺之良知是爲美之本體，審美心直覺之良能是爲美之鑑賞。知能原自不二，二覺只是一心。知能具則「美相」成，一心明則「美」之事盡矣。

居有頃。客默然作思，似若復有所疑。

曰：美之鑑賞同一與美之本體以及畢竟何者成就美相之義既聞之矣。惜弟子不敏，今復有一疑，更請開示。此疑非它，即：如先生言，美之鑑賞既同一與美之本體，而又攝美之創造以歸於二者之中（見前節成就二覺是否畢竟美無餘事一問之答辭），然則是美之本體，鑑賞與創造二者渾而爲一，包而並裹。夫渾而爲一，則理顯盡本；包而並裹，則眉目全無。弟子以是迷惑，未悉其將成何一物。

曰：噫。何其問之深也，此義將關乎審美心體之如實究竟（攝三者於一心，故將爲之發明此心體之如實與究竟）。雖然，吾將爲汝言之：夫審美之心體，本不可致詰，而只是如是之一物。其爲物也，無體無方。寂兮窈兮，似乎無物；恍兮惚兮，似乎有像。蓋心體雖不可致詰，還須有處可悟，此則心體之虛實變化與妙用耳（心體唯藉虛實之變化以成其妙用）。抑更進而言之：心本無體，即以此心動靜虛實之變化與妙用爲體。夫虛而靜，實而動。虛則泯一切相，實則成一切相。泯一切相而未始不有者，是虛中有實也，成一切相而未始不無者，是實中有虛也。夫虛實相涵，以成變化，動靜一如，而有生滅；此則心體爲眞實與究竟也。

曰：先生之言，玄之又玄，弟子不敏，未即領悟，雖心體之動靜虛實既如先生所言，則云何變化，云何妙用，還請別立方便，更爲開示一番。

曰：是不難，居，吾語汝。夫心體本無有，只是一虛靈明覺之變化與妙用。以虛靈故，譬爲虛空，能生萬法（晴空一碧，本無所有。方其忽然「變化」，則油然作雲，沛然而雨矣。心體亦如之，本無所有。方其一念「自覺」，則產生諸多形式，而立法萬物矣）；以明覺故，譬爲明鏡，能成觀照（明鏡空如，本無所有。方其忽然「作用」，則鑑物有信，絲毫不爽矣。心體亦如之，本無所有。方其一念「直覺」，則作成鑑賞觀照，而司法萬物矣）。故曰：心體本無有，只是一虛靈明覺之變化與妙用。方其起「變化」於自覺之良知，則生萬法；方其運「作用」於直覺之良能，則成萬法，此則心體之如實與究竟也。

客聞言大喜，五體投地，長跪低首，而白言曰：夫心體誠不可思議矣，虛無爲體，靈變爲用，出入無跡，莫知其鄉。非天下之至神，其孰能與於此乎。弟子愚昧，今幸聞無上法，得未曾有，入玄門之祕府，生無窮之智慧，此是莫大善緣，異常難得，雖天變地滅，其敢不信受弗亡乎。

居有頃。客默然作思，似若復有所疑。

曰：審美心體之如實究竟以及其變化與作用之道既聞之矣。惜弟子愚昧，令復有一疑，更請開示。此疑非它，即：如先生所言之美全是此心虛靈明覺之變化與作用，且爲極內在之勝義，夫美則誠美矣，但未知其將云何實用，或者其無所用乎。

曰：不亦善乎，而問之也。居，吾語若。夫美之道大矣哉，其爲德矣乎，今以美爲內在此心之虛靈明覺之變化與作用，而疑其淪「虛」滯「內」，無所實用，則吾又猶有蓬之心也夫。須知，美之眞際究竟不外吾心，及其發用流行，則滿於天下，普在物所，泛兮舉一切而包裹，沖兮盈一切而諧和，天得之以清，地得之以寧，山嶽得之以自穩，江海得之以自盈，萬物得之以自正，聖人得之以爲天下化成（化天下於禮，成天下於樂）；此則爲「美」之盛德大用，其瀰淪浩蕩，有莫知其極矣。

曰：先生之言似乎大而無當，若河漢而無極，弟小愚昧，全無了解。夫美之實用必須內容具體，然則云何爲美之實用之具體內容，還請別行善巧，更爲開示一番。

曰：是何問之非題也。夫美之實用其實難言，而亦不可得而言。抑吾所言之用，原爲無用之用，而不所求之用，則爲有用之用。有用之用，可名爲利；無用之用，是爲大用。吾但知美之盛德大用（無用之用），而未知美之所以爲利（有用之用）也。抑更進而言之：美之爲德，有用無利。亦即：美只有無心而自然，無爲而自成的盛德大用，而無任何具體的實用內容（美之本性不提供任何執著的內容，蓋以其虛靈爲性，沖和爲用，若必求之象數，便是穿鑿七竅，而渾沌死矣）。夫「用」與「利」，大相逕庭，毫釐千里之謬，似是而非之間，凡聖由之而分，眞俗由之而見。然則，吾不之警怖吾言爲大而無當，若河漢而無極也，不亦宜乎。

客聞言大喜，五體投地，長跪低首，而白言曰：夫美之德盛矣哉。刻雕衆形，既不知其巧；沖和犀品，亦不見其功。此其所以為無用之有用歟，弟子非至於先生之門，則未免蔽於「利」而不知「用」，難為通達矣。

居有頃。客默然作思，似若復有所疑。

曰：夫美云何為用之義既受教矣。惜弟子愚昧，今復有一疑，更請開示。此疑非它，即：美之為德既是為此全無實用之利可得，則何以凡人皆欲嚮往、追求、實踐而創造之（無則樂求之，有則樂得之），此亦有說乎，願聞其詳。

曰：善哉問也。此義將關乎美之實現與創造之所以可能。雖然，吾將為汝言之：夫美之道如前所云，既是發生於吾心，亦實反成於吾心（見前「云何為美體以及云何方成就得美」一問之答辭）。然則，美之生成只是吾心之「出入」變化與作用耳（心體有虛實動靜；一陰一陽以成變化，一出一入而成作用）。抑吾心之「出入」變化與作用是即吾心內在之必然而不容已者，蓋心之所以為心，可以其虛靈不昧，至健不息之變化與作用而成其爲心，此心既不息不昧，故其發用流行即屬必然而不容已乎。抑此心必然而不容已之發用流行即先天而內在地要求對一切存有之價值予以認知並創造。同時，亦由此心必然而不容已之發用流行，它（主體心）即能隨順成就其對一切存有之價值之認知與創造（此「心」不息不昧必然而不容已之發用流行即是一切存有價值之實現與創造之所以可能）。且吾之心體其深廣大，具萬德而容萬理，應萬事而成萬物。凡屬眞理（價值之別名）皆莫不爲吾心所要求而創造。今夫「美」乃是宇宙人生之絕對眞理，亦即是宇宙人生之最基本之價值。然則，其必爲吾心所要求與創造也（此「心」不息不昧必然而不容已之發用流行即是「美」之實現與創造之所以可能），明矣。既爲吾心所必要求與創造，則人同此心（有普遍性），而凡人之所以皆欲嚮往、追求、實踐而創造之者，不亦宜乎，不亦宜乎。

客聞言大喜，五體投地，長跪低首，而白言曰：夫心體誠神妙矣，靈通爲性，窮理爲用，而性用一貫，眞此心必然而不容已之道也。

居有頃。客默然作思，似若復有所疑。

曰：夫美之實現與創造之義既受教矣。惜弟子愚昧，今復有一疑，更請開示。此疑非它，即：如先生以上所說種種如此這般之美，誠爲智慧所流出之金玉良言。至矣，盡矣，不可以復加矣。弟小今入寶山，勢必不可空返，且寶物既得，宜知其名，知寶物之名稱，然後可以對世間廣爲傳而流布永久。然則，先生所說種種爲此這般之「美」究將云何稱名，以便宣傳流布。

曰：不然。不然。吾所說之「美」本無稱名，亦不必宣傳流布。蓋「道」本無名，「學」則有名，吾所說之「美」是道非學，故必無所稱名。且此理在天地間，萬古而常新，但悟者自悟，迷者自迷，終無待其人之覺解，則亦何勞用其宣傳諸人。抑更進而言之：吾所說之「美」原是不可說不可說之如是如是（說是一物即不中）。雖今夕結緣，吾子遠道相訪，然酬答無算，卻何曾掛著貧道一片齒。

曰：先生所體合之美如實言之，固是不可道不可名；然從權方便，強爲之名，庶幾其有然乎。

曰：強爲之名，非吾所知也。

曰：姑試言之：先生所說之美得非屬於西方之唯心論乎。

曰：吾惡乎知之。

曰：然則必非屬於唯物論矣。

曰：吾惡乎知之。

曰：然則先生所說之美屬於魏晉之談玄乎。

曰：吾惡乎知之。

曰：然則屬於釋氏之參禪乎。

曰：吾惡乎知之。

曰：然則不屬於一切而屬於自家乎。

曰：吾惡乎知之。

曰：然則不屬於自家而屬於一切乎。

曰：吾惡乎知之。

曰：然則不屬於自家亦不屬於一切，既屬於自家亦屬於一切乎。

曰：此言庶幾稍近於如實中道矣，然吾亦將惡乎知之。吾其無知乎，庸詎知吾之無知之非知耶，庸詎知吾之知之非無知耶。雖然，吾方出入三世，縱橫百家，官天地，儕萬物，同流大化，躊躇滿志，而忽然當下亡失自我，現前亦無宇宙，身心道化（動而與陽同波），神明獨居（靜而與陰同德），無知而無不知，無爲而無不爲，斯則體合玄微，入住眞際，既無端倪可見，亦無方面可尋，夫其道爲此，尙將從何分別以爲之歸屬乎。且世間之學者其讀學問每喜穿鑿比附，輕事分門歸檔，而汝西方支離世界之學專此病爲尤著。須知是非同異之間，信乎難爲其言，苟非窮神以知化，孰能因是而無辯！夫萬物畢同畢異，是謂大同異，自其同者而觀之，天地一體也；自其異者而觀之，肝膽楚越也。夫如此則安得不謹於是非同異之辨乎。此古眞人之所以必求是非同異之莫得其偶，而因是以明，以體歸乎天均也。

客聞言大喜，五體投地，長跪低首，而白言曰：夫先生之道博大精深，誠不可思議，且先生方示吾以精神之化，而吾索先生於形骸之跡，吾自視則陋矣，難為精矣，非至於先生之間則恍惚支離，莫知所歸矣。弟子雖不敏，其為將收拾精神，專一心志，為是不用而寓諸庸（收求放心，涵養本體），則庶乎得幾矣。

居有頃。客默然無語。於是乎，周遭寂靜，一切不作，四下虛無，似乎不動。但地谷流泉，其聲淙淙；寒潭止水，其色深深。繼而天光一亮，不覺東光漸曙；平旦噫氣，已自晨曦微露。

於時，王百谷方塞兌閉門止息，憑石而臥。良久。

客曰：夫今夕誠何夕乎。始於黃昏之候，至於黎明之際。通霄達旦，歡言之樂無窮；千里遠道，受法之益何限。且先生所說如是如是之「道」，這般這般之「美」，全是無中生有，空中發音；不落跡象，亦非言詮，玄珠真際，自然流出，天府葆光，法爾作用，此則爲三世聖佛所不及道（唯然神仙能道之），世問學者所未曾聞（唯有緣者能聞之）。比若玉之在璞，人所不識；亦若硃之在淵，人所不知；還若幽蘭之在深（芳）谷，人更何從識而知乎。弟子今幸游於先生之門，欣然侍從乎左右之側，乃知宇宙之大，道德之至，而玄門之浩瀚無邊，深遠而無極者，亦得略而窺焉！然而所可惜者，鷦鷯巢林，不過一枝；偃鼠飲河，不過滿腹。今先生之道博大配天地，深廣爲海洋，靈臺眞宰，盛德日新，曠宇長宙，富有萬物，而驟然攜吾以俱遊於道德之鄉，冥漠之野，入玄祕之府，登清虛之堂，於是乎耳目不暇給，心思不遑及。塡然萬物指備，荒然美不勝收。夫多則惑，少則得，此則爲無可奈何之事，而亦自然之理也。抑且人生聚散無常，世事緣分有定，弟子今夕相從，原爲誠心慕道，求益所得，幸蒙先生不吝開示，詳爲宣說，今大道既聞，從此建立根本，至其發展爲何，耑視修行涵養耳。唯弟子此番參謁事畢，行將離山他去，此後工夫，全無依持，仰願先生一本慈悲爲懷，有求必應之老婆心，更爲指點迷津，驅除邪魔，以期入門上路，得成正果，則弟子幸甚矣。

曰：是何言哉。夫人生難得，善緣難結，吾子不遠千里而來，何其意之誠而志之堅也，此非眞有緣乎，夫有緣者不可以無言，吾故將爲汝言之。

居。聽吾言曰：

㈠本體

一心唯存本體
萬法不離自性
自性圓滿具足
明心即成萬法

㈡工夫

不落入第二義
不求用比量知
不執著歡喜魔
不產生退轉心

㈢境界

工夫只是方便
過河豈再揹船
彼岸清風明月
此心地久天長

王淮作品集❸

王百谷美學

作　　者	王　淮
總 編 輯	初安民
責任編輯	鄭嫦娥
美術編輯	陳淑美
校　　對	唐亦男 鄭嫦娥
發 行 人	張書銘
出　　版	INK 印刻文學生活雜誌出版有限公司 新北市中和區中正路800號13樓之3 電話：02-22281626 傳眞：02-22281598 e-mail:ink.book@msa.hinet.net
網　　址	舒讀網 http://www.sudu.cc
法律顧問	漢廷法律事務所 劉大正律師
總 代 理	成陽出版股份有限公司 電話：03-3589000（代表號） 傳眞：03-3556521
郵政劃撥	19000691 成陽出版股份有限公司
印　　刷	海王印刷事業股份有限公司
出版日期	2012年1月 初版
ISBN	978-986-6135-60-6

定價 140 元

國家圖書館出版品預行編目(CIP)資料

王百谷美學／王淮著. --初版. --
新北市：INK印刻文學，2011. 10
112面：15×21公分. --（王淮作品集；3）
ISBN 978-986-6135-60-6（平裝）

1.美學

180　　100019574